어떤 시선들을 바라보다

-푸르른 날들의 흔적-

권랑 시집

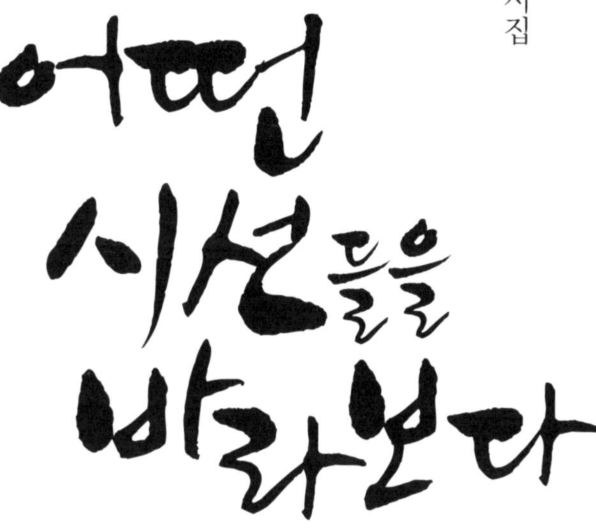

어떤 시선들을 바라본다

-푸르른 날들의 흔적-

사람들은 스스로의 눈으로 자신과 세상을 본다.
가끔씩은 그렇게 어디론가 향하는 눈을 바라보면
좋겠다는 생각이 들었다.

시는 나에게 첫사랑과 같다. 그리고 두 번의
이별 후에 다시 만났다.
자신과 세상을 향하는 눈을 바라보려는 마음으로
미숙한 사랑을 키워가고자 했던 노력이
느껴질 수 있기를 바란다.

2013년 11월 11일 하얀 방에서

[차례]

제1부

안동댐

누가 버린 죽은 물이
맑은 물을 죽이고
죽어가는 식수에
영혼들이 울고 있지만
콘크리트 댐의 위대함과
물의 풍만함만을 감탄하는
우리는
죽음에 길들여진다

작은 기쁨으로
— 한 해를 보내며

하늘 한 귀퉁이
예쁘게 삐져나온 햇살이
풋풋하게 피어나는
아침을 두드린다

햇살 받는 마음
싱그러움이 부러워 할 듯
저 하늘이 부러워 할 듯
꿈에 눈뜨고
사랑을 꿈꿀텐데
지금 무표정한 마음

작은 슬픔에 물들여진 삶인지
시린 가슴을 감싸며
흘린 눈물이
살포시 추억으로 젖어들고

동경,
이젠 묵묵히 인내하는 바램이
그리워 진다

다시 햇살 비칠 그때는
눈물을 말갛게 부숴버리는 사랑
슬픔을 인내하는 사랑을
꿈꾸기 위해

오늘, 내일 · · ·
잠시 지은 웃음도
정겨워 하리

5월 명상

푸르름이 눈부셔
떨군 눈동자

아직 서투른 명상에
펴는 듯 움츠리는 진리의 날개를 느끼며
다시 숙연해진다

그리도 아까웠던 나의 호흡을
반 움큼 한 움큼
살며시 피어오르는 그리움으로
조용히 흘리오고

안개 속에서 아침을 만드는 이슬처럼
가슴을 열어 외롭지 않은
하루를 살리다

어스름 짙어 떠오른 맑은 별빛에
두 눈을 모으고
이제 푸르름을 향하고픈 짧은 바램을
소중히 간직하리다

오월의 시간도
이렇게 저물어 간다

여백의 의미

수없이 흩어진 생의 조각들 속에
역정의 의미를 남기기 위한
한 화가의 숭고한 노력을 아는가?

희미한 대기 속으로 보이는
날림같은 존재들이 뱉어낸
단어들로 채워지는 삶은
아름다움이 메마른 풍경

가치를 상실한 풍경일지언정
묵묵히 응시하고
인지하고 · · ·

메마른 풍경을 그리는
화가의 고뇌는
자연의 아픔이려니

무한한 인내와 묵고를 통한
화폭으로의 승화는
꿈이 호흡하는 바램이다

감격과 희열을 뒤로
마지막
화가는 하이얀 여운을 남긴다

그네
겸허한 마음으로 느끼길 바라면서

– 여백은
무디어진 인정을 두드린다

동화(冬話)

흰 눈 나리는 겨울날 이른 아침

고요만이 내려앉은 백색의 대지위로
슬픈 발자국 소리가 열을 맞춘다

찬바람에 얼어버린 두 손은
살며시 옷 속으로 숨어들고

하얀 눈 맞은 얼굴은
저보다 깨끗한 눈빛에 부끄러운지
발갛게 속내를 드러낸다

한 줄기 한 줄기 마음이 흘러
복숭아 빛 두 볼을
따뜻이 어루만지며

한 송이 한 송이 내리는 눈은
가늘게 떨리는 어깨를
말없이 토닥여준다

이제 가슴 한 켠에 겨울을 묻고
어느새 시선은
마른 가지 위 눈꽃을 향하지만

아직도 못내 그리운 온기가 남아
무심코 두 손은 하늘을 가린다

흰 눈 속으로
희미하게 사라져버린 슬픈 발자국 소리…

어느 겨울 바닷가에서

한 줌의 모래를 바람에 날려 보낸다
한 줌의 모래를 파도에 흘려 보낸다

먼발치서
파도에 실려온 햇살을 느낀다
머언 발치서
바람에 묻어온 향내를 느낀다

두 손 가득 꼭 쥐고만 싶은데
어느새 그리움은
바람에 날려, 파도에 실려
사라져 간다

강물처럼

나는 강물이고 싶다

대양을 향해 나아가는 큰 목표를 가졌지만
괜스레 드러내지 않고 유유히 흘러가는 강
그런 강물의 흐름을 가지고 싶다

흘러감의 과정 속에
모든 것을 흡수할 만큼의 포용력을 지녔지만
장애물을 만나면 무섭게 몰아치는 강
그런 강물의 힘을 지니고 싶다

고요하지만 결코 머무르지 않고
항상 변화하며 진행하는 역동성을 지닌 강
그런 강물의 기운을 얻고 싶다

자신이 지나온 길을 후회하며 되돌아보지 않고
꾸준히 더 넓은 곳을 향해 앞으로 흘러가는 강
그런 강물의 자세를 체득하고 싶다

어려움과 어리석음에 부딪힐 때
나는 강물이고 싶다
강물처럼 살고자 하는 정신이고 싶다

다시 축제의 촛불을 켜고

우리는 잘 살고 있습니다
아주 잘 살고 있습니다

하늘 향해 우뚝 솟은 높은 빌딩
거리를 누비는 수많은 차량
TV속에 나오는 좋은 옷, 좋은 음식

정말 남부럽지 않습니다

잠깐, 뭔가 좀 이상합니다

영희네가 힘들어 합니다
아빠 수입은 늘어났다는데…

철수네도 살림이 어렵습니다
나라는 잘 산다는데…

영희남매 교육비 녹록하지 않습니다
철수엄마 병원비 만만치가 않습니다
아빠들의 일자리는 오늘내일 입니다

왜 그럴까요?

우리는 기뻐했습니다
참 좋아했지요

이제 엄혹한 시대가 끝났다고
궁핍한 시절도 끝났다고
우리가 이 세상 주인이라고
그러니까 잘 살거라고

아니었나요?
그런가 봅니다

영희네가 주인이 아닙니다
철수네도 주인이 아닙니다
우리가 꿈꾸던 세상이 아니었군요
그런 줄 믿고 노래를 멈췄는데
그런 줄 믿고 무대를 떠났는데

친구들을 부릅시다
이웃들을 부릅시다

한번 더 어깨위에 서로의 손을 올려놓고
희망의 숨소리를 가슴 속으로 느끼면서
시대의 한가운데로 꿋꿋하게 나아가자고

다시 축제의 촛불을 켜고 너와 나의 노래를
불러야 하니까요
세상은 우리가 꿈꾸고 움직이는 만큼
밝아지니까요

성공주문
– 2007년 대선을 보며

'여러분 성공하세요'

어제도 외쳤고
오늘도 외치고
내일도 외칠테지만

마법의 주문에
부자가 웃고 가난한 자가 웃고
너도 웃고 나도 웃고
온 나라가 웃는다

웃음뒤에 서려있는 비웃음을 모른 채

'경제를 살리겠습니다'

어제도 살렸고
오늘도 살리고
내일도 살릴테지만

희망의 주문에
하얀 꽃이 파랗게 빨간 꽃도 파랗게
시간까지 파랗게
온 세상이 푸르러진다

파란색에 가려진 회색빛을 못 본채

나도 한땐 성공과 파랑을 좋아했건만
성공은 가치를 잃고 색깔은 의미를 잃고

삶에 지친 사람들은 그 이유를 묻지 않고
또다시 성공의 주문과 희망의 색깔에
오늘을 저당잡힌다

사랑을 놓다

나는 술을 끊고 담배를 끊고 시를 끊고

서러움을 달래던 그 모든 것을 끊고

사랑을 놓는다

지난 겨울 찾았던 바닷가엔 변한 것이 없는데

나의 추억과 그리움은

바다에 가라앉는 석양처럼

조금씩 파도소리에 잠긴다

눈물로 눈물을 닦는 짓이

어리석게 여겨져도

추억의 끝자락을 잡으려는 마음이 안쓰러워

외로움으로 외로움을 덮는 짓이

서글프게 느껴져도

그리움의 온기를 감싸려는 손길이 안타까워

그렇게 외로운 눈물은 흐른다

그 모습이 서러운데
술은 떨어지고 담배도 떨어지고
시는 잊혀져 간다
나의 청춘도 사라져간다

붉은 빛의 바다가 제 빛깔을 찾고
한때의 격정도 사그라질 때

서러움을 달래던 그 모든 것을 끊고
사랑을 놓으리

개울

크지도 화려하지도 않은 물줄기가
크지도 유려하지도 않은 소리를 내며
세상으로 흐른다

끊어질듯 이어지고
이어지다 멈춘 듯,
그러면서 다시 움직이는 물줄기는
크지도 유려하지도 않은 소리로
끈질기게 존재를 알린다

매서운 겨울날이 소리를 잠재워도
물줄기는 스스로 깨어나
크지도 화려하지도 않은 몸짓으로
봄을 기다리고

무심한 세상이 청류(淸流)를 더럽혀도

물줄기는 스스로 정화하여

소리로, 몸짓으로

자연을 세상으로 나른다

산속 그늘진 곳에

실핏줄 같은 개울이 언제나 흐른다

상상의 세계로 오세요

상상의 세계로 오세요
이곳엔 경쟁과 서열은 없고
나와 너, 세상을 알기위한
꿈과 열정만 있지요

혼자 아는 지식이 아닌
함께 하는 정보를 가꾸며
생각이 풍요롭고
역사의 숨결과 문화의 가치를
느낄 수 있는 곳,
미래의 세계로 오세요

이곳에선 놀이는 공부가 되고
공부는 놀이가 되지요

누구를 사랑하나요?
무엇을 꿈꾸나요?
사랑과 꿈을 찾아
여행을 떠나고 싶거든

나와 너, 세상을 깨닫게 하는
상상의 세계로 오세요

개나리 나무

한여름 폭염 속에서
그늘 한 자락 드리우지 못한 채
나무는 서 있었다

가을의 풍요로움 속에서
작은 열매하나 맺지 못한 채
나무는 서 있었다

겨울날 매서운 칼바람 속에서
사람들의 따뜻한 눈길 한번 받지 못한 채
나무는 서 있었다

그렇게 쓸쓸한 계절을 버티고 서서
나무는 봄을 기다렸다

세상을 향해 뻗은 손길로
노오란 희망을 전하기 위해

꽃이 지면

나무는 잊혀질 테지만

새로운 봄을 기다리며

다시 쓸쓸한 계절을 날 것이다

개똥

세상에서 가장 더러운 것이

땅바닥에 누운 채

나를 보고

우리를 보고

미소 짓는다

너는

당신들은

더럽지 않느냐고

꽃잎을 흩날리며

길가에 떨어져 있는
꽃 한 송이

차가운 바닥에 옴츠린 모습이 안쓰러워
살포시 두 손 위에 올려놓고
조용한 눈빛으로 물어 본다
'무슨 사연으로 여기에 있는지'

한때는 산, 들, 길거리를
화려하게 수놓았을 아름다움이여
누군가의 추억이 되었을 향기여
무엇이 그리도 서러워
힘없이 쳐진 몸을
가련히 떨고 있구나

세상에 생채기 하나 없는 삶이 있으리오

꽃잎 하나에 가슴 아픈 사랑을

꽃잎 하나에 잃어버린 꿈을

그리고 꽃잎 하나에…

바람결 따라 꽃잎을 흩날리며

서로의 영혼을 달랜다

술잔

대폿집 조명아래
지난 날 삶의 이야기를 담아 온
술잔이 반짝인다

네 앞에 놓인 빈 술잔이
우리들 이야기를 청(請)하니

나는 나의 마음을 따르고
너는 너의 마음을 마신다

기쁨의 한잔, 슬픔의 한잔
만남의 한잔, 이별의 한잔
성취의 한잔, 좌절의 한잔
그리고 새로운 희망의 한잔

온몸에 퍼지는 술기운처럼
어느덧 우리들 인생노래는
대폿집 공기에 스며들고

분위기에 젖어서
말없이 기다리던 술잔이
또 다른 이야기를 청할 때

나는 너의 마음을 따르고
너는 나의 마음을 마신다

바람에게 길을 묻다

햇살 가득한 오후
바람이 나에게로 와서
길을 묻는다
어디로 흘러가면 되느냐고

나는 말하네
풀잎이 손짓하는 데로
꽃향기가 날아가는 데로
이따금 쉬어 가면 되겠지요

해는 지고
바람 한 점 없어
풀잎은 움직임을 멈추고
향기마저 땅바닥에 가라앉을 때

나는 바람에게 묻고 싶네
어디로 가면 되는가를

별빛

밤이 새도록 별빛을 맞으며
저 별들을 헤아려 본다

한 무리의 별들이 스쳐갔네
미처 흐린 내 눈에 다 담기 전에

또 한 무리의 별들이 스쳐갔네
미처 좁은 내 맘에 다 들이기 전에

그래도 별빛은 한없이 내린다

지난날의 어리석음을 씻어주려는 듯

사랑 고백

네 앞에만 서면 작아지는 나에게

너의 미소가

너의 손길이

너의 마음이

어느새 다가와

내 마음을 채울 때

너에게 용기를 내어 말하고 싶다

험난한 세상을 헤치고 나갈 수 있는 믿음으로

작지만 함께 이뤄나갈 수 있는 꿈으로

오랜 시간 제자리를 찾지 못해 잠자고 있는

사랑을 깨워 나에게 준다면

언제나 소중히 간직하겠노라고

햇살의 춤

폭풍우가 사라지고
먹구름 사이로 빠끔히
햇살이 고개를 내민다

이내 맑고 투명한 빛이
채 마르지 않은 공기를 가로질러
물기 어린 대지위로 내려 앉네

속삭이듯 나푼대는 작은 반짝임들
그저 경쾌한 햇살의 춤

그 몸짓을 따라
싱그러움이 세상에 퍼지면

힘겨운 날들로 인해
어느 누군가 흘릴 눈물에서도
햇살은 따사로운 춤을 추겠지

외로운 섬
– 용산 참사를 보며

밤새 욕망의 불꽃이 타올랐다 지고

다시 타오르고

가난한 자들의 삶이 타고 남은 재가

검은색의 눈이 되어 하늘에서 내렸다

한때의 광화(狂火)가 지나간 자리는 처참하여

세상의 관심은 쏟아지고

시비(是非)를 가리려 말과 말이 부딪칠 때

낯선 마을은

어느덧 우리네 곁에

무척이나 가까이 다가와 있었다

알 수 없는 현기증에

잠시 눈을 감으니

슬픈 생각이 스치고 지나간다

지난날 그곳은

화려한 도시 속에

외로이 떠있는

작고 초라한 섬이었을 뿐…

지금도

사람들의 시선이 닿지 않는 곳에서

이름 모를 섬들이

잔인한 계절을 보내고 있겠지

달빛 따라서

밤이 찾아와
어둠속으로 세상의 빛이 사라질 때면
지친 몸은 달빛에 의지하여
길을 걷네

여전히 떠나지 않은
삶의 차가운 기억들과
미리 다가와 있는
앞날의 불안한 생각들이
내 앞에 놓인 길을 가릴지라도

숲 속 정령이 부는 피리소리 같은
바람에 실려 오는 꽃내음 같은
달빛의 노래를 들으며

저 달빛을 따라서 다다른 곳에

어릴 적 꿈꾸던 날들이 있을 거란

작은 소망을 간직한 채로

어둠을 헤치고 걸어 간다네

만두와 짬짜면
* ( )안의 말은 읽는 이가 바꿀 수 있음

김치만두 사러 시장에 갔더니
고기만두도 사고 싶네
그래서 반반씩 담았지

자장면이 먹고 싶어 반점에 들렀더니
짬뽕도 먹고 싶네
그래서 짬짜면을 시켰지

김치만두와 고기만두
자장면과 짬뽕의 갈등 속에
만두가게는 섞어서 팔고
반점에선 짬짜면을 만들었네

궁하면 통하고
필요는 발명의 어머니라 했던가

나도 참말로 궁하다오
(이성)과 (감성)의 조화를...

세상 또한 절실히 필요하지요
(정신)과 (물질)의 조화를...

만두와 짬짜면 만큼이나

바다를 부르다
– 2009년 봄 제주도에서

수평선 따라 떠나는 배가
내 눈에서 멀어지기 전에
지친 가슴이 허락한다면
푸른빛이 맞닿은 그 곳을 향해
소리 높여 외치고 싶소

– 내 마음은 바다를 향해 달려가고 있다고

쉼 없이 달려오는 파도가
바위에 부딪혀 깨어지듯,
바다 위를 맴도는 공허한 울림들에 막혀
산산이 부서져 버릴
외마디 힘없는 외침일지라도,

저 멀리 떠나가는 배에
각자의 삶을 향해 몸을 실은
사람들의 귓전에까지 들리도록,

그러면 내 삶의 의미도

세상에 전해질 것이란 부푼 기대로,

다시금 소리 내어 바다를 불러보고 싶소

– 내 간절한 마음은 바다를 달리고 있다고

안개

사랑을 지우던 기나긴 밤이 지나고
눈물이 흐르다 멈춘 곳에
나는 서있네

슬퍼도 슬퍼하지 말자
아파도 아파하지 말자
가슴 깊이 다짐했건만

아, 미련한 사랑이여

차갑게 식어버린 휴대폰 메시지만
그토록 어루만지며
동 튼 새벽길을 나서네

마지막 남겨진 문자는 점점 어른거리고
집으로 가는 나의 길도 아침 안개에 가려
희미해져 간다

사람이 지나가네

언제나 그렇듯이
여기저기 사람들이 지나가는데
그 안에 사람은 없습니다
당신은 그 이유를 아셨나요?

아직 못다 한 이야기는
먼 산 바윗등에 남았지만
사람이 살고 지나는 곳에
사람이 있어야 한다는 것,
그 의미를 당신은 아셨습니다

당신이 편히 잠든 오늘도
이곳에선 사람들이 지나갑니다

-노무현前대통령 서거를 애도합니다. -

기억이 떠난 자리에서

비틀거리며 걷고 있는 서글픈 기억아
떠나거라
네 뒤를 따르던 발자욱들은
비에 씻겨, 바람에 날려 지워질테지
하염없이 머무는 숱한 상념들도
같이 데려가다오
나는 주저하지 않을테니

내일 아침이 오면
남아있는 흔적들을 쓸어내며
네가 떠난 자리에
이젠 지워지지 않는 사랑을 쓰련다

산(山)

사람들에겐 산이 있다

그것은
높고도 험해 넘지 못할 장벽이 되고,
산마루에 서서 먼 곳을 바라보고 싶은 마음에 동경이 되며,
지친 몸과 영혼을 맑고 푸른 숨결로 위로해 주는 숲이 된다

그곳엔
올랐던 산이 있고
오르지 못한 산이 있고
그래도 올라가야 할 산이 있다

나는 오늘도
그 산에 오른다

폭포 소리

내 마음속엔 끊임없이 떨어지는
폭포가 있다

폭포는 떨어지고 떨어져도
들리지 않는 소리가 있다

무심코 찾은 산에는
폭포가 떨어지고
바위에 부딪혀 퍼지는
물살에 실려 오는 소리,

그 소리를 들으며
벗과 나누는 술잔엔
들리지 않았던
마음속 폭포 소리가 담긴다

저 절벽에서 떨어지는

폭포를 술로 삼아

이 밤을 지새우고 싶구나

거미줄

해질 무렵 거니는 공원
이별에 앞선 수많은 머뭇거림이 있던 곳

바람이 불어와
나뭇잎은 떨어져 날리고
구겨진 종이컵은 따뜻한 커피향기를 뒤로한 채
나뒹굴어도
내 마음에 흔들림은 없다

하늘은 잿빛으로 물들어
빗방울 나릴 듯한데
벤치 위에
가로등 밑에
나뭇가지 사이에
투명하게 걸려있는 거미줄이 보인 건 왜일까?

떠난 사랑의 기억은

추억이 머문 자리마다 거미줄을 쳤고,

그 곳을 향하는 눈길을 애써 외면해 보지만

가슴 한 구석에

나도 모르게 얽히는 거미줄이

저녁바람에 흔들린다

수상한 마을

내가 아는 어느 마을의 이상한 이야기.

동쪽에 작지만 강한 마을이 있다네.
마을 사람들은
좀 더 풍요롭게 살고 싶어
돈을 잘 안다는 촌장을 뽑았지.

그 촌장은 소리 높여
마을 살림을 살리고,
주민들을 주인처럼 섬긴다고 했다네.

새 촌장이 오고 얼마나 지났을까?
얼마 지나지도 않았어.
사람들은 모여 웅성거렸지.
촌장이 이웃마을 상한 고기를 들여온다고

점점 많은 사람들이 모이고 모였는데도
촌장은 무시하고 도리어 위협했다네.
주민들을 주인처럼 섬긴다고 했는데…

사람들은 그때 알았지.
이 촌장은 우리들의 촌장이 아니란 걸
그리하여 바보라 불리던,
가난하고 힘없는 이들을 사랑했던
옛 촌장을 그리워했네.

그래서 일까
힘 있는 자들의 칼은 옛 촌장을 가두려 하고,
바보촌장은 어느 화창한 봄날 바위에 올라
스스로 갑작스런 죽음을 맞이했지.

아, 슬프고 슬퍼해도 어찌할거나?
이제는 당신들의 마을이 아닌 걸

녹색 세상을 얘기하는 촌장의 눈엔
회색빛이 감돌고,
자신을 감시하는 사람들의 눈, 귀, 입을 막으려
촌장의 힘 있는 패거리는
두 눈에 불을 켜는구나.

마을 사람들은 이런 수상한 일들을
아는지 모르는지
생각은 굳어가고
감정도 굳어가고

자신들의 곳간만 채우길 바라다간
자신들의 자식들만 잘 되길 바라다간
수상한 일들이 끝난 다음 다가올
보이지 않는 칼이
당신들의 심장을
겨눌지도 모를 것이라네.

시인의 마을에 꽃은 피고

아무도 찾아오는 이 없어도
시인의 마을에 꽃은 피고
바람은 불어
향기를 세상에 전하네

그 향기 흐르는 곳에
길 잃은 나그네 있거든
사연일랑 상관치 말고
바람 따라 마을에 들러
맑은 약수 한 그릇 마시고
쉬었다 가게나

공포의 시대

독재의 총, 칼이 무력으로
당신을 억압할 때만이
공포의 시대이던가?

자본의 보이지 않는 총, 칼이
당신의 머리를
당신의 심장을
소리 없이 겨누어
오늘을 앗아 가고
앞날을 위협할 때는
공포의 시대가 아니던가?

탐스러운 열매가 열리는
아주 적은 나무를 갖기 위해
처절한 싸움을 이겨야만 한다는 불안이
괴물을 낳고
보잘 것 없는 열매가 열리는 나무라도
목숨 걸고 지켜야만 한다는 불안이
괴물을 키우네

끝없는 불안이 낳고 키운 괴물이
사치의 샘물을 죽이고 있는 건
어제 오늘 일이 아닐텐데

이 사실을 깨닫기 전에
우리는 또 정신없이
저 형체 없는 괴물과 맞서야만 하는
지금이 공포의 시대가 아닌가?

장마

뜨거운 사랑은 시작되고
무엇이 두려운지
그 절정이 오기 전에
나는 떠나네

우두커니 창문 앞에 서 있는 날,
어제 내린 비가 오늘도 내리고
쉴 새 없이 유리창에 흐르는 비는
처연히 두 눈을 적시는 눈물 같아
빗물이 집안에 들어오지 못하게
닫힌 창문을 자꾸만 닫으려는데

가슴 속 벌어진 틈으로
이 지루한 슬픔이 스며드는 건
두려움에 떠나온 사랑과
그 절정을 맞지 못한 때문일까

내 안에 고인 슬픔이

채 마르기도 전에

내일은 또

오늘 내린 비가 내릴 것이다

나비와 꽃

아름답고 청초한
한 송이 이름 모를 꽃 위를
조용히 맴돌다
날아간 나비여

그 꽃이
이름 모를 꽃이 될 줄을
너는 알고 있지 않았더냐

이름 모를 꽃의
이름 모를 향기는 사라져도
향기의 기억은 오래도록 남아 있누나

나비가 내려앉지 않은 꽃은
시간이 흘러 그리움이 된다

장미와 이슬

이른 아침
장미에 맺힌 이슬 한 방울,
촉촉한 자연의 키스

상큼한 햇살 아래
이슬은 미동이 없다
장미도 미동이 없다

산들바람에 이슬은 떨어지고
장밋빛은 더욱 붉어라

문장부호에 대한 단상

한편의 시를 완성할 때마다
나는 문장부호들에게 묻는다

너희들을 적느냐? 마느냐?

순간의 결정으로 영원히 남을 수도
그렇지 않을 수도 있는 중대한 문제인데

마침표는 대답이 없네
느낌표는 그저 놀라며
물음표가 글쎄 라고 말할 때
작은따옴표는 혼자 중얼거린다
쉼표는, 줄임표는, 줄표는…

아, 방황하는 나의 시들

이 지겨운 작업을 견디는

스스로를 감탄하다가

뭐가 나을까 라는 물음을 가지고

혼자 중얼거리며

힘든 하루를 마친다

열대야(熱帶夜)

끈적이는 어둠사이로

전쟁터에서 억울하게 죽어간

병사들처럼 외로움이 몰려와

오늘도 어김없이

한바탕 전투를 치르는 밤

나의 창과 방패가 되어 주었던

사랑과 열정을 잃어버린 지 오래다

사랑에 대한 열정

열정에 대한 사랑으로 뜨거웠던 날들,

그 시간들을 떠올리는 것이

유일한 무기가 된 지금

차례로 무너지는 감정의 방어선들

그리고 무너져버릴 것만 같은 자아(自我)

치열했던 밤을 힘겹게 버티고 나면

흰 종이를 꺼내어 한줄 쓴다

'그래도 나는 이 밤에 살아있다'

어떤 키스

늦은 오후 공원
한적한 산책로를 혼자 걷다
나는 보았네
충혼탑 앞 벤치에서 나누는
어느 젊은 연인의 키스를
여자와 눈이 마주쳤을 때
화들짝
나뭇잎이 부끄러워하는 입술을 가려주네
'왜 하필 충혼탑 있는 곳에서……'
라는 생각이 드나
그 순간, 그대들의 심장은
저기 고이 잠들어있는
호국 영령들의 애국혼 만큼이나
뜨거웠으리

제2부

박하사탕

너는
그토록 하얘서 쓸쓸하고
그토록 달콤해서 슬프다

분수(噴水)

떨어져도 다시 솟구치어

당신의 슬픔을 덜어줄 수 있다면

그것이 제 길인 듯

한여름 폭염 속에서

그는 온몸으로 노래했다

솟구치다 다시 떨어져도

삶의 흔적을 남길 수 있다면

그것조차 운명인 듯

뜨거운 시간 속에서

그는 말없이 흐느꼈다

계절이 흐르면

그의 노래와 흐느낌은 사라질 텐데

그렇게 노래하고 울어야만 하는지를

나는 아직 알지 못했다

분신(焚身)

처절한 고통의 끝에서
그의 몸은 붉게 타올랐다

천한 몸뚱이라도 불살라야지만
인간답게 살아갈 수 있는 세상에서
그의 몸은 횃불이 되어
전쟁 같은 투쟁의 날들을 태워버린다

심장이 타 들어갔을지언정
아까운 생명에 불을 지른
당신의 희생을 찬미하지는 않을 텐데

열다섯 자 붉게 타오르는 외침이
늦가을 떨어지는 단풍잎처럼
내 딱딱한 가슴위로
한 자, 한 자 내려앉는다

노·동·자·는·하·나·다·
비·정·규·직·철·폐·하·라·

여름, 지리산 둘레길에서

여름 숲 길 따라서
한참을 걸어왔건만
나는 이 길을 모르고
이 길도 나를 모른다

바람은 여전히 불어와
나뭇잎을 흔들고
새들의 노래 소리는
한여름 뙤약볕 속으로
스며드는데

그 옛날
매일 불어오는 바람이 되어
당신의 일상을 흔들지 못했고
저 8월의 태양 같은 당신의 사랑에
다가 갈 수 없었던 것에 대한
끝이 보이지 않는 물음들을

내가 모르고

나를 모르는 길에서

한 걸음 한 걸음 던지고 있었다

댓잎 소리

한번 쯤 물어도 좋으련만

그저 스쳐가는 바람이 되어

화사한 봄, 짧은 인연을 뒤로 한 채

인고의 시간 속으로 흘러가네

한번 쯤 돌아봐도 좋으련만

그렇게 떠나가고, 나조차 놓아버리고

아쉬움을 감출 수 없는 사연을 아는지

울음이 슬프지 않게

인연이 저문 곳에서 노래하네

* 장안사 옆 대나무 숲에서

밤 한가운데, 바다 한가운데
– 2011년 여름, 제주 행 배위에서

밤 한가운데서 바다는 울었다
뱃전으로 전해지는 흐느낌
청춘의 방황, 실연의 아픔
살아가는 인간의 모든 고통을
끌어안고 바다는
달빛마저 삼켜버린 어둠속에서
하얀 울음소리를 내고 있었다

바다 한가운데서 밤은 울었다
가녀린 별빛의 떨림
시간이 정지하고 공간이 사라진 듯
무엇을 위해 어디로 가야하는지,
그 물음조차
슬픈 바다의 이유에
묻혀 버린 것을……
바다 너머에 있는 새벽을 향해
이 밤은 흔들리고 있었다

당신의 계절

세월의 저만치서
당신의 계절을 기다렸습니다
당신의 계절 안에서
이름 모를 꽃으로 피어나기 위해,
가엾은 운명을 지닌
꽃으로 피고 지더라도
눈물 한 방울
당신을 위한 시간 속에서
흘릴 수 있다면
그것으로 족한 것을,
기다림의 의미를 아는 이에게
나의 약속은 부질없이 들린다 해도
기다렸고, 기다리고, 기다릴 것입니다
여름 한 낮에 부는 시원한 바람이
겨울밤 내리는 축복 같은 첫눈이
속절없는 계절의 언어로
그 기다림 위에 써진다 해도

천천히, 아주 천천히
당신의 계절을 맞이할 것입니다

점

점이 있다
점이 있다
또 점이 하나 늘었다
점이 있다
점이 있다
…점이 하나 줄었다
점은 말을 줄이고
점은 말을 끝맺고
점은 선이 되고
점은 공간이 되고
점은 하늘이 되고
점은 바다가 되고
점은 우주가 된다
다시 점안에 우주가 담긴다

사람 밖에 점이 있고

사람 안에 점이 있다

그리고 사람은 우주가 된다

풍경 소리

바람은 소리를 그리워하여

언제나 당신의 집에 찾아와

처마 끝을 맴돌다 간다

이른 새벽 길어온

정화수에 떨어지는 여인의 눈물 한 방울

나는 그 소리를 담지 못했네

* 서울 북촌 한옥마을에서

붉은 파도

찬란한 태양의 꿈이
머물렀던 바다

저 멀리서 몰려오는
붉은 파도를 보아라

한낮의 펄럭이는 깃발은
지금 비록 없지만
두 손 꼭 잡은 마음은
바다를 깨우고 삶을 깨운다

칠흑 같은 어둠을 뚫고 오는
핏빛파도의 함성을 들어라

한여름 땡볕아래에서
한겨울 차가운 아스팔트위에서
뜨거운 심장을 간직한 채
서러움에 눈물짓던
투쟁하는 노동자에게

승리하는 그날을 위해
붉은 파도의 노래를
바치고 싶다

인연

비 갠 오후 가로등위에 앉아 있는

작은 새의 두리번거림

무엇을 찾고 있기에 저리도 낯설어하나

짧은 설렘과 긴 방황 속에서

아무것도 얻지 못 하는 처지라 해도

작은 새는 여느 매처럼

노을 지는 아름다운 저녁 하늘로 날아가겠지

오늘 하루도 누군가를 찾고, 또 무언가를 찾고

아무것도 얻지 못하는 시간이라 하여도

구름이 걷히고 나면, 내 마음은

날아 갈 수 있으려나

저 작은 새처럼

여름의 끝자락에서

여름의 끝자락에서 비가 내립니다

비를 맞으며 날아가는 새들의 날개 짓이
빗소리처럼 들립니다

우산을 받쳐 들고 걸어가는 사람들의 발걸음이
빗소리처럼 들립니다

하늘을 나는 새들도 땅위를 걷는 사람들도
계절이 흘러가듯 갈 곳이 있겠지요

먹구름 아래 세상은 조용히 가라앉는데
차창에 떨어지는 빗소리가 들리지 않습니다

여름 내내 앓았던 열병의 이유도 모른 채
또 한번의 여름은 지나갑니다

더와 덜의 대화

더가 덜에게 얘기한다.
더 일하라고
더 만들어 소비하라고
더 경쟁해서 이기라고

덜이 더에게 얘기한다.
덜 쉬면 되냐고
덜 나누면 되냐고
덜 사랑하면 되냐고

세월이 지나
나의 정원에 꽃향기가 흐를 때면

더는 덜이 되고
덜은 더가 될 수 있으려나

'ㄹ'만큼 세상은 변하고 있으려나

나의 가을에는

나의 가을에는 사랑이 머무르지 못합니다

파르르 떨다가 떨어져
거리를 뒹구는 낙엽처럼
사랑을 향한 마음은
계절의 여울목에서 힘겹게 버티다
조용히 멀어져 갑니다

어두운 밤
귀뚜라미 울음 사이로
달빛의 기도 소리가 들려옵니다

저리도 시린 마음을 위로하기에는
기도조차 힘겨워 보여
살며시 돌아눕습니다

나의 가을에는

오늘도

머물지 못한 사랑이

쓸쓸히 밤거리를 떠다닙니다

산책

도심의 산책로를 걷다가 보았던,

햇살을 가리는 유모차에 앉아있는
무심한 표정의 아기
깔깔대며 햇살을 쫓는 아이
햇살 밖에서 재잘거리는 여학생
햇살처럼 따사로운 사랑을 나누는 연인
유모차를 무심하게 끌고 가는 아기엄마
아이의 시간을 뒤쫓아 가는 아이아빠
나뭇잎에 튕겨진 햇살이
여학생과 연인의 이야기에 실려 멀어져갈 때
두 손 잡고 걸어오는 노부부의 황혼 빛 얼굴

그 얼굴 뒤로
이미 늙어버린 내 모습이 벤치에 앉아있다

만추(晩秋)

붉게 물든 나뭇잎 하나를
흐르는 계곡물에 띄우고
그 잎새 따라서
가을 속으로, 가을 속으로
걸어간다

저 잎은,
더 이상 버티지 못하고
놓아버렸던
그리고 말없이 떠나가 버렸던
지난 날 서투른 사랑이 남긴
아픈 기억을 알지도 모른다

길 위에 수북이 쌓여있는 낙엽위에
나를 띄우고
꿈꾸듯 붉었던
화려한 시절이 가는 소리를 듣는다
언젠가는
가슴시리도록 고왔던 붉은 빛의
기억을 알 수 있겠지

붉은 잎이 나를 떠나고
내가 낙엽 쌓인 길을 떠날 때면
구름에 가리운 달빛이 가만히
그 자리에 내릴 것이다

얼음조각상
– 철탑 농성장에서

차가운 땅바닥위에
수많은 얼음조각상들이 열 지어 있다

혹한의 계절 안에서
사랑은 얼고
눈물도 얼고
숨소리마저 처량하게 얼어붙었다

사랑하는 이들과
오붓한 정 나누며 살고픈
소박한 꿈이 얼어버리고

조금 더 햇살 가까이 가면
얼어버린 꿈을 녹일 수 있을까
자꾸만 하늘높이 올라가지만

살을 에는 칼바람은 나약한 육신을
햇살이 닿기도 전에 얼려버렸다

혹한의 계절에 맞서
스스로를 단단하게 얼린
얼음조각상들이
하늘로 올라간 이들을 지키고 있다

자신의 몸이 녹아 없어지더라도
따뜻한 바람이 불어오기를
차가운 땅바닥위에서 기다리고 있다

활공(滑空)

하늘도 지쳐서 푸른빛을 잃어갈 때
고단한 날개 짓을 멈추고
바람에 가난한 몸과 마음을 실으리라

저 산 너머
어느 한적한 마을에
태양을 동경했던 아이의 웃음소리는
들리지 않아도
곱게 자란 꽃나무 한그루 있다면
바람아 그 곳으로 데려가다오

세상의 거친 길을 걷다 언젠가
지친 발걸음 머물러 가는 이를 위해
꽃씨 하나 남겨둘 테니

나의 초라한 흔적은
고단한 날개 짓에 사라져도
꽃씨는,
다시 멀고 거친 길을 가는 이의
희망 속에서 자랄 것이다

태양이 눈부신 날
어디선가 아이들의 웃음소리가 들려오면
바람에 가난한 몸과 마음을 싣고
그 웃음소리를 따라 가리라

꽃에게

숱하게 오가는 인연을 지나
아물지 않은 상처를 가슴에 안고서
다다른 시간에
달빛은 차고 봄꽃은 피지 않았네

겨울비가 피아노 소리처럼
차 유리에 떨어지는 날,

아름답다 말하지 않아도
아름나운 꽃이 있고
보고 싶다 말하지 않아도
그리운 사람이 있어

차가운 선율이 흐르는

흐린 차창에 수없이

그 꽃을 그리고

그 이름을 써 내려가고

마지막, 간절한 바람을 남긴다

꽃이여!

봄볕이 따사로이 너의 꿈을 어루만질 때

내 그리운 사람에게로 가서

향기롭게 피어다오

1과 0

사람과 세상은 화면 속에 들어가고
숫자는 화면 밖으로 나온다

거리엔 온통 1과 0이 걸어다닌다
있는 듯 한 모습은 1
없는 듯 한 모습은 0

나비의 꿈은 1일까 0일까
꿈속에 빛나는 별은 1일까 0일까
별을 노래하던 시인의 마음은…

나는 오늘도
수많은 1과 0을 스치고 난 후
다시 나의 화면 속으로 들어와 버렸다

유리문

유리문 밖으로
지나가는 사람들
멈춰선 사람들
지나가는 자동차들
멈춰선 자동차들

나도 저 속에 있었을 것이다
목적을 가지고
아니면 목적 없이 가다가
어떤 이유로 인해
아니면 아무런 이유 없이
멈춰선 시간들이 있었다

문이 열리고 사람이 들어온다
그도 방금 전까지
저 세상 속에 있었을 것이다

유리문 안 세상은

입는 집이 되었다가

먹는 집이 되었다가

자는 집이 되었다가

다른 무엇이 될 수도 있는데

어쨌든 지금은 같은 이유로

나와 그는 여기에 있을 것이다

그리고 니는 다시

사람이 지나가고

자동차가 지나가고

시간이 지나가고

세상이 지나가는

유리문 밖으로 나간다

돌과 흙의 담

돌과 흙이
나란히 쌓여있는 담

담 너머 마른나무 가지
바람에 부대낄 때

돌 사이마다
지난 세월에 굳어져간
흙을 본다

그리고 흙 사이마다
제 자리를 지키고 있는
돌을 본다

어느 것 하나
똑같이 생긴 돌은 없건만

저들도 한때는

부드러운 흙이었음을

단단해져버린 몸과 마음속에

누구나 간직하고 있을 것이다

벚꽃의 바다

꽃은
피고 또 피어
하얀 바다가 되었습니다.

그 바다위엔
오래전 사랑이 떠다니고
미처 자라지 못한
젊은 날의 꿈이 헤엄쳐 다닙니다.

바람이 불면
잔잔하게 일렁이는 흰 물결사이로
또 다른 세상이 보입니다.

바다 속 길을 지나

저 곳에 닿으면

이루지 못했던 사랑이 기다리고

다다를 수 없었던 꿈을

잡을 수 있을까요?

따사로운 햇살이

저 멀리 사라져갈 때

하얀 바다는

제 향기를 그리워하며

나의 사랑, 나의 꿈

그리고 나의 미련마저

시간 속으로 데려가겠지요.

아름다운 시절은

그렇게 지고 또 피는

하얀 바다가 되어갑니다.

봄 운동회

따사로운 봄 햇살이 맘껏
내리쬐는 학교 담벼락

청춘의 끝자락에 있는 사내의
터덜터덜 늘어진 걸음걸이

졸졸졸 흐르는 시냇물처럼
파릇파릇 움트는 새싹의 속삭임처럼
아이들의 재잘거림이
담벼락 너머
운동장을 뛰어 논다

어릴 적 운동회 날 받았던
꼬깃꼬깃 엄마의 쌈짓돈

하늘을 날 듯
한달음에 달려가서 사먹었던
학교 앞 문방구의 곰보빵

'곰보빵을 먹으면
곰보가 되지 않을까?'

철없던 걱정을 떠올리며
멋쩍은 웃음을 짓는다

조그만 아이는
달리기 시합에서
곧잘 일등도 했었는데

이제는 늘어진 발걸음이
뛰노는 아이를 뒤로한 채
분주한 일상으로 되돌아간다

도시의 불빛

도시는 밤에
불빛으로 말을 한다

그 불빛엔
사랑이 있고
추억이 있고
사랑과 추억으로
감싸지 못했던
아픈 상처가 있다

술에 취해
돌아온 날이면
불빛의 기억은
이제는
굳어져 버린
도시의 이야기를
들려준다

차마

저버리지 못했던

약속처럼 어김없이

불빛은

도시의 사랑과

도시의 추억과

도시의 상처를

이야기한다

붉은 장미의 추억

늦은 밤
낡은 공원벤치에 기대어 앉아
사랑과 사람사이에서
현실과 이상사이에서
방황했던 날들을 떠올리는 이에게
장미의 향기마저 쓸쓸하여
저 하늘 흐려진 별빛은
아슴푸레 남아 있는 기억이 된다

소리 없이 향기를 실어 온 바람이
별과 별사이를 떠돌 때
조금은 빛바랜 열정을 붙잡고
폐허처럼 왔다 간 봄을 추억한다

핵 마피아

험상궂은 얼굴이 아니다
짙은 색 양복만 입지도 않는다
거친 말을 쓰지도 않는다

온화한 얼굴
말끔한 옷차림
부드러운 목소리 뒤에
악마의 불이 꿈틀거린다

그 불은 위험하다
그 불이 만든 재가 위험하다

어느 날 하늘에서
죽음의 재가 내리면

그들은
유유히 짐을 싸서
또 다른 악마의 불을 찾아
떠날 것이다

죽음의 재가
우리들의 생명을
뒤덮을지언정

검은 그림

하얀 종이 위에

글을 쓰고

해석을 쓰고

그 해석에 대한 글을 쓰고

그 글에 대한 해석을 쓰고

·

·

·

그러다가 흰 종이는

검은 그림이 되었다

폭염 경보

지독한 더위에 갇힌 도시는
숨이 막히고 사람들은
그 곳에서 살아남기 위해
숨을 헐떡인다

폭염처럼 뜨거운 욕망은
콘크리트 벽으로
아스팔트 위로
스멀스멀 스며들지만

삶과 세상에 대한 경보는
의미 없이 오늘도
지독한 더위에 갇힌
도시를 맴돈다

빗자국

길었던 무더위가 지나고
다시 나선 길에

조금씩 패인 자리마다
빗물이 고여
동그랗게 생겼다가 이내 사라지는
흔적을 만든다

이별이 슬픈 것만은 아니라 했는데
고독이 나쁜 것만은 아니라 했는데

성숙해진다는 것은
사랑, 이별, 그리고 고독으로 인해
가슴 속 여린 곳에
자꾸만 생겼다가 희미해져가는
흔적들을 가만히
지켜보는 일인가 보다

하얀 방

하얀 방에는
서늘한 공기가 차오르고
그 속에 떠다니는
감정의 파편들과 마주합니다

익숙한 노랫말에
위로받으며
이 밤을 지새울 듯
희미해진 시간들,
그 언저리에서 서성이다
마주하는 감정들을 바라봅니다

사랑과 자유의 노래 소리는
아직도 그대로인데
나이 든 청춘은
하얀 벽 위로 내려앉은
누런 세월에 갇혔습니다

사뭇 고요했던 밤이 지나고

아침이 올 때면

햇살은 그 전과 다름없이

서늘한 공기가 차오른

하얀 방에 깃들 것입니다

색다른 詩

영시(英詩)

Rainy day

As soothing my pain of the bygone days

A drizzle murmured on my shoulder

Whisper of raindrop soaks in a sad air around me

Blue sky

In the autumn

While I see the blue and clear sky

I hope

my spirit and dream could reach that place

3행시조

정동진

정적을 깨고 오는 불푸른 그 숨결이
동녘 한 귀퉁이서 북녘으로 전해지면
진정한 우리의 소원 통일을 노래하리

해운대

햇살의 영롱함을 가슴에 품어 안고

운명의 포말을 세상사에 흩뿌리며

대대로 이어져오는 生의 한을 사로다

 -푸르른 날들의 흔적-

2013년 12월 06일   초판인쇄
2013년 12월 10일   초판발행

저 자 ㅣ 권랑
발행인 ㅣ 홍기표
디자인 ㅣ 이린다
발행처 ㅣ 도서출판 글 통
등 록 ㅣ 2011. 4. 4. 제319-2011-18호

주 소 ㅣ 서울시 강서구 방화동로10길 36-1 302
전 화 ㅣ (02) 783-4872
F a x ㅣ (02) 786-4876
E-mail ㅣ vote0409@naver.com

값 **8,000**원
ISBN 979-11-85032-06-1